あの時

俳句が生まれる瞬間

高野ムツオ

写真 佐々木隆二

HAIKU× Photograph

朔出版

あの時　俳句が生まれる瞬間　目次

造本　真田幸治

四肢へ地震《ない》ただ轟轟《ごうごう》と轟轟と

『萬の翅』平成二十三年

三月十一日。東京からの帰路、仙台駅地下の飲食店で大地震に遭遇した。かつての教え子数人と談笑している最中だった。初めて体験する揺れ方だった。かろうじて両手でテーブルにしがみつき足を踏ん張って体を支えた。四方から押し寄せてくる轟音《ごうおん》が体中に響きわたった。ビル全体が倒壊する恐怖におびえた。強く揺れたのは数分だったはずだが、果てしない時間に感じられた。

地震《ない》の闇百足《むかで》となりて歩むべし

『萬の翅』平成二十三年

震災当日の作。夕方、仙台駅から住まいの多賀城《たがじょう》まで歩き始めた。およそ十三キロの道のり。気持ちが昂《たかぶ》っているせいか、初めは足取りが軽かった。停電で真っ暗だったが、渋滞の車のライトが行く手の闇を照らしてくれた。それでも足元は暗く、歩道はあちこちでひびが入っている。瓦礫《がれき》もかなり散乱している。ひたすら前へ進んだ。雪がやんだのち星が光り始めた。

膨れ這い捲《めく》れ攫《さら》えり大津波

『萬の翅』平成二十三年

同日の作。自宅まで、あと二キロほどのところまでたどり着いた。ほっと安心しかけた目前に信じられないような光景が広がっていた。行く手の闇に累々と車が横転している。大型トラックのようなものもある。津波に襲われたのだ。この光景はどこまで続くのか。車に乗っていた人々はどうなったのか。恐怖で身が震えた。

春光の泥ことごとく死者の声

『萬の翅』平成二十三年

ようやく帰宅できた翌日から、散乱した家具、食器、本の後片付けが始まる。ふと覗くとドアポケットに新聞が挟まっている。購読している河北新報だ。まだ、人間社会は動いている、そう知った時の安堵感はかけがえのないものだった。しかし、その記事は衝撃的だった。ラジオもおびただしい犠牲者の数を次々に報じる。犠牲者はどこまで増えるのだろう。慄然《りつぜん》としながら窓下の川を眺める。この川も、昨日津波が遡った。おびただしい泥の匂いが鼻をついた。

SEIKOSHA

車にも仰臥《ぎようが》という死春の月

『萬の翅』平成二十三年

三日目、近隣に住む一人暮らしの俳句仲間のことが気になって訪ねた。留守だったが、隣の人の話では避難所に逃れたらしい。無事だったことを知り、胸を撫で下ろす。行きも帰りも、泥だらけの道には車が横転したり、逆立ちしたり、重なったりしている。橋下の道路には何台も積み重なって山をなしている。言葉を失った。数日後の夜更け。ふと顔を上げると大きな春の月が浮かんでいた。不思議なものを眺めている心地がした。

泥かぶるたびに角組《つのぐ》み光る蘆《あし》

『萬の翅』平成二十三年

数日後、電話が鳴った。読売新聞の記者からだった。やっと連絡がとれた、被災地の俳人として短文を書いてほしいとのこと。悲惨な状況の中、自分にできるのはそれくらいしかないと承知した。が、何をどう伝えるべきか、迷ったが自分が書けるのは自分の体験しかない。そう決断し窓に目をやる。すると向こう岸の水際に何か光るものがある。蘆の芽だと思った。川辺に下りて確かめるとさざなみであった。確かにまだ芽が出るには早過ぎる。自嘲の、それでも心地よい笑いが浮かんだ。

すぐ消えるされど朝《あした》の春の虹

『萬の翅』平成二十三年

俳句仲間の一人が津波にさらわれ亡くなったとの知らせが届いたのは何日後だったろうか。第一報は救助されたとの知らせだった。東松島市の沿岸住まいだったから、心配していた。しかし、ほっとしたのもつかの間、悲報が届いた。野蒜《のびる》海岸、松島に続く明媚な地で、余景《よげ》の松原と伊達綱村が名付けた景勝地であった。その夫も一年後、他界した。彼女が数年前に出版した句集のタイトルが『春の虹』であった。

瓦礫《がれき》みな人間のもの犬ふぐり

『萬の翅』平成二十三年

三月二十八日の早朝、神奈川県に赴く息子を車に乗せて、仙台の海岸線の高速道路を走った。息子が突然「あっ」と声をあげた。つられて海側に一瞬視線をやると、瓦礫が目に飛び込んできた。流された家々、車、木、それらが累々と果てしないのだ。このあたりの田畑は、毎年犬ふぐりが咲き乱れるところであった。

鬼哭《きこく》とは人が泣くこと夜の梅

『萬の翅』平成二十三年

三月末、例年なら多賀城址周辺の梅が咲く時期である。しかし、停電が続き周囲は闇に包まれている。我が家まで津波は到達しなかったが、対岸の住宅地はすべて津波が押し寄せた。夜になると、どこからともなく嗚咽《おえつ》が聞こえてくる思いにとらわれた。声なき声。このあたりは、もともと権力側から鬼と蔑《さげす》まれた民が住んでいた土地である。

陽炎《かげろう》より手が出て握り飯摑む

『萬の翅』平成二十三年

「小熊座」の仲間が二人、避難所となった多賀城市文化センターに身を寄せた。見舞いにもならないが、時折、自転車で出かけた。ある昼時に訪れると、玄関の消息が書き込まれた伝言板あたりから事務室まで、避難した人たちが一列に長い行列をなしている。どうやら昼食を受け取るためらしい。友人に何が配られるのか尋ねると、握り飯一個か二個だという。外には春の陽光が溢れていた。

列なせり帰雁は空に人は地に

『萬の翅』平成二十三年

日用品や食料品の調達には難儀をした。二時間ぐらい量販店に並ぶことは当たり前だった。それでも我が家はましだった。並べる健康な家族が四人もいたからだ。一人暮らしの高齢者世帯をはじめ、並ぶことすらできない人も多かったに違いない。幼い子供たちも並んでいた。かつてテレビで見た空襲後の炊き出しの映像が目に浮かんだ。帰雁の季節だった。

みちのくの今年の桜すべて供花《くげ》

『萬の翅』平成二十三年

四月上旬、私を慰めるため、東京の俳句仲間が隅田川の花見を企画してくれた。桜も終わりかけていた上に、震災後で、さすがに人出が少ない。遊覧船が「頑張れ、東北」という横幕を掲げて過《よ》ぎっていった。橋の上から眺めると、堤の桜がまるで仏飯を並べたようだった。まもなく東北にも桜が咲き出した。宮城県七ヶ浜町の菖蒲《しょうぶ》田浜《たはま》で倒れながら咲いている桜が目に沁みた。これまで見たことがないまぶしさであった。

みちのくはもとより泥土桜満つ

『萬の翅』平成二十三年

津波襲来後、一か月以上過ぎても、周囲至るところ、いつまで経っても泥が残っている。匂いも消えない。暖かくなってくると部屋中に匂いが籠もる。しばらくは流されてきた船も岸辺に何艘か残っていた。この地はもともとこういうところなのだと自分に言い聞かせようとした。開き直りでもある。すると、対岸の桜がゆっくりと揺れ出した。

仰向の船底に花散り止まず

『萬の翅』平成二十三年

その後も何度か、七ヶ浜町を訪れた。名前通り、小さな浜が七つあり、そのいずれも津波に襲われた。花渕漁港では船があちこちに乗り上げていた。仰向けの船はもちろん、逆立ちしたままの船、家の壁に突き刺さったままの船もあった。防波堤近くの建物の上に乗り上げた状態の船もあった。海がまったく見えない田にまで流れ着いた船もあった。同じような光景は三陸沿岸には数え切れないほどあった。

花の地獄か地獄の花か我が頭上

『萬の翅』平成二十三年

自宅近くの堤防の下に、ささやかながら桜並木がある。マンションが建つ際に景観整備の一環として植えられたものだ。もう三十数年の樹齢を重ねる。毎年散策する。震災前、自衛官として就職した子とその母が記念撮影している場面に出会い、声をかけシャッターを切った記憶がある。震災の年も、例年のように見上げた。佐藤鬼房の「明日は死ぬ花の地獄と思ふべし」が脳裏に浮かんだ。

春天より我らが生みし放射能

『萬の翅』平成二十三年

福島の原発事故のニュースが、夕刊の一面を大きく覆ったのは三月十五日あたりだったろうか。その衝撃は忘れられない。しかし、その時はどれほどの大事なのか、その真実は知る由もなかった。海外に脱出した人、沖縄に逃れた人もいた。命を守るためには、実はそれが当時取るべき正しい選択だったと知ったのは、だいぶ後になってからである。もっとも、たとえ知ったとしても、その時は天を仰ぐ以外、何も手立てはなかったが。

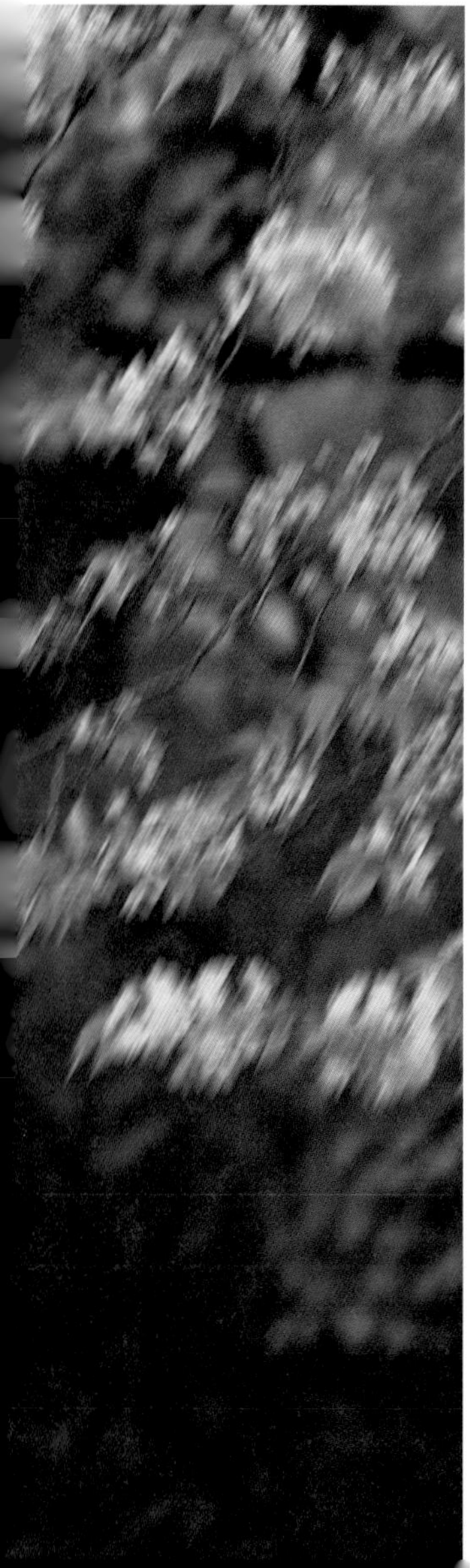

暮れてなお空を見つめて母子草《ははこぐさ》

五月になって、やっと句会を開くことができた。その帰り道、仲間の一人が塩釜駅前の美容室の入り口で、鉢植えの母子草を見つけた。「これ母子草ですよね」と念を押されたが、花の名にうとい私はあいまいに頷いていた。しかし、夕暮れの風に震えていたその姿は間違いなく母子草であった。津波にさらわれたであろう無数の種々《くさぐさ》を思い浮かべた。別名ゴギョウ。春の七草の一つ。荒れ地など至るところに生える。

『萬の翅』平成二十三年

津波這う百日過ぎてやませ這う

いつの間にか夏となった。津波をかぶり、瓦礫をのせた田畑はとてつもない広さであった。仮に瓦礫がなくなっても、以前のように作物が収穫できるようになるまで、どれほどかかるのだろうか。実際、塩害のため、そのまま放置状態の田がどこにでもあった。その田の上にもやませの季節が訪れた。苗が揃った田を吹くやませ以上に、荒地となった田を吹くやませは寒々しい印象をもたらした。数年後、工場や住宅地となった田も目立った。やむを得ないことだろうが、何か大切なものが失われてしまった気持ちになった。

『萬の翅』平成二十三年

始めより我らは棄民青やませ

『萬の翅』平成二十三年

福島県浪江《なみえ》町や双葉町に避難指示が出たのは震災当日の夜から翌日早朝にかけて。しかし、何が起こったのか、誰も知る由もなかった。数年後、俳句大会で二本松市に出かけた。案内をしてくれた人は、震災数日後の夜、防護服に身を包んだ人々が次々にバスから降りてきた姿を目にしたという。原発事故はまだ伝わっていなかったので、戦争が始まったのかと思った、とのことだった。最初に避難した場所が実は居住地より放射能の濃度が高い地点だったという話もあった。もっとも千年以上前から、東北は中央権力から見捨てられている。

土饅頭《どまんじゅう》百を今夏の景とせり

『萬の翅』平成二十三年

六月末、東京の友人や「小熊座」の仲間数人とともに石巻《いしのまき》に出かけた。車で橋を渡ろうとした時、一人が「あっ」と声をあげた。川べりに土葬の卒塔婆が並んでいたのを目にしたのだ。火葬が追いつかず、やむなく、いったん土葬にせざるを得なかったのだ。見えたのは、ほんの一瞬だったが、私の眼にもはっきり焼きついた。

蛍火や田畑《でんぱた》人家《じんか》ありたる辺《へ》

『萬の翅』平成二十三年

震災前、松島へ至る道筋に蛍が出るところがあると聞き、見物に出かけたことがあった。県道のすぐ傍ら。こんなところにと半信半疑だったが、最盛期はとっくに過ぎていたにもかかわらず、十分な光を楽しむことができた。そのあたりは、幸い津波被害はなかった。三陸沿岸の津波被災地の蛍はどうなったのだろう。蛍は『日本書紀』では邪神「蛍火之光神《ほたるひのかがやくかみ》」だが、みちのくでは守神。再生の呪文となって飛ぶ。

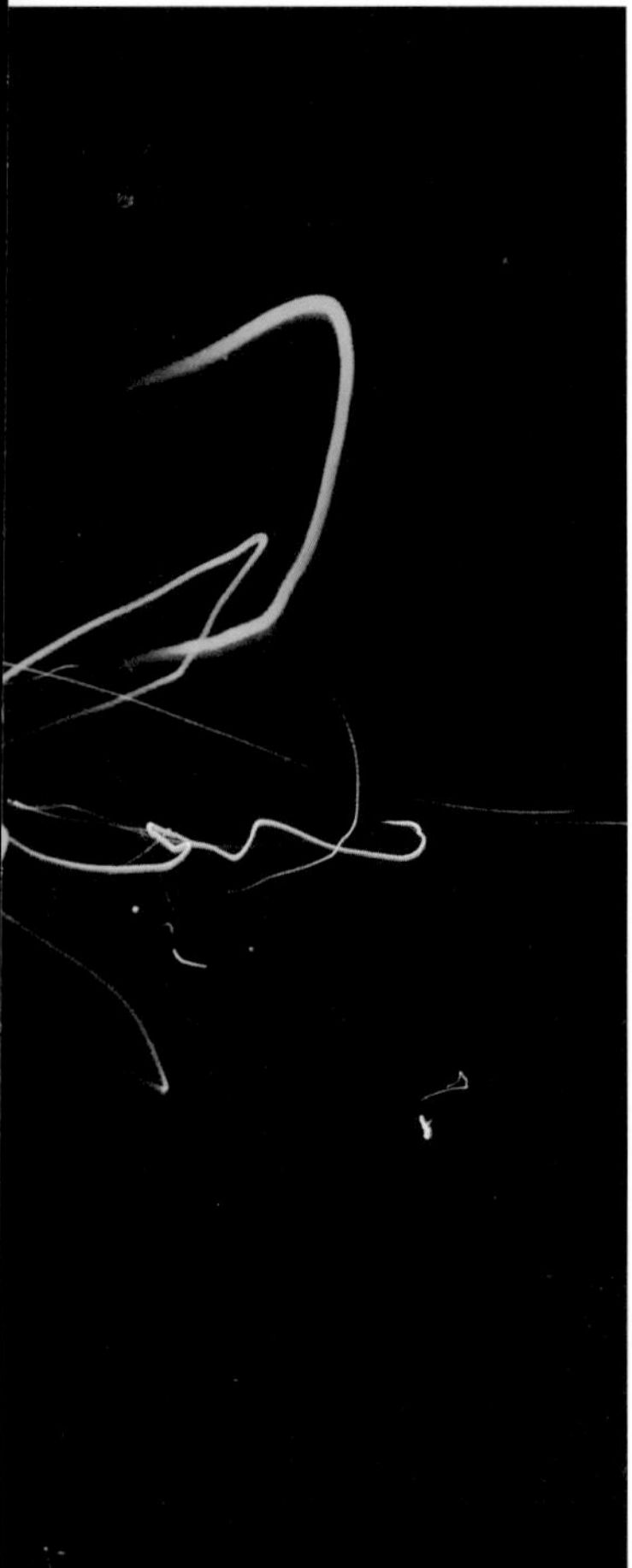

夕焼の死後へと続く余震かな

『萬の翅』平成二十三年

余震がいつまでも続いた。四月七日、ガソリンの供給がだいぶ回復し、他のライフラインも戻った安心感も加わり、疲れ切った家族の慰労に山形の上山《かみのやま》温泉に出かけた。その夜、強めの余震があった。妻は自宅を心配したが、私は、またかと思い、軽く考えていた。だが、翌日戻ると家の中の散乱ぶりは本震以上だった。震度6強。三月十一日には落ちなかった電子レンジが下に吹っ飛んでいた。被災者には続く余震で精神が不安定になる人が多かった。

梅雨雀誰を捜しているのだろう

『萬の翅』平成二十三年

震災直後、印刷設備のほとんどをなくした石巻日日新聞の手書き壁新聞は、地域に貴重な情報と生きる力をもたらした。避難所の掲示板は尋ね人など貴重な情報の発信場所となった。肉親や友人の安否をそれで知った人も多かったに違いない。浜辺では今も行方不明者の捜索が続けられている。住まいの集合住宅の駐車場あたりでいつも聞こえる雀の声。ことに梅雨時は寂しく聞こえる。

球をなす蚯蚓《みみず》の家族夜の地震《ない》

『萬の翅』平成二十三年

いつまでも余震が続く。余震を感じない日がないと言ってもいい。就寝前、また余震があった。ふと子供の頃、畑で釣りの餌にするため蚯蚓を掘ったことを思い出した。掘り返すと、たくさんの蚯蚓が固まってうごめいていた。蚯蚓のように布団にくるまり眠ろうと思った。

炎天の涙痕として勿来川《なこそ》

朝夕眺めては句材としている多賀城市の砂押川《すなおし》は、数キロ上流で松島丘陵を源とする勿来川と合流する。勿来関はいわき市にあったとするのが定説だが、この勿来川流域との説も残る。ほそぼそとした流れだ。名古曽の地名も残っている。砂押川を津波が遡った。当日、仙台駅にいた私は目にしていない。その映像がユーチューブで世界中に発信されていたと知ったのは被災から数年後だから、ずいぶん間の抜けた話だ。しかし、ユーチューブのおかげで自宅のそばを遡る津波を目にすることができた。津波は勿来川にも及んだ。果たしてどこまで遡ったのだろうか。

『萬の翅』平成二十三年

瓦礫《がれき》より出て青空の蠅《はえ》となる

住まい近くの仙台港には廃車となった車が至るところに山積みとなって残っていた。ダンプカーやトレーラーのような大型車両もところ狭しと並んでいた。海辺にはコンテナなどの漂着物がごろごろしていた。人影はほとんどない。仙台港を抜け、荒浜付近を車で走る時にはマスクが必要だった。粉塵だらけできつい匂いが閉めきった車内まで入ってくる。どこでも蠅だけが生き生きとしていた。我が家にもよく訪れた。まさに五月蠅《さばえ》なす神。

『萬の翅』平成二十三年

残りしは西日の土間と放射能

『萬の翅』平成二十三年

七ヶ浜町菖蒲田浜には被災後、何度か訪れた。ここは私が初めて海水浴をしたところである。小学三年生の頃だ。仙台からバスに揺られて一時間以上かかった。多賀城の我が家からは数キロ、車で十数分の距離なので、子供が幼い頃にもたびたび海水浴を楽しんだ。きれいな広い砂浜だった。震災後、美しい松林、たくさん並んでいた民宿や海の家、そして、住宅はすべてさらわれた。道路も寸断され、車を運転してもどこをどう走っているか不安になった。すべて変わってしまっているのだ。もっとも、これは菖蒲田浜に限ったことではない。福島の沿岸はこれに原発事故の放射能禍が加わる。

天の川攫《さら》われ消えし家の上

『萬の翅』平成二十三年

震災当日の夜、星空が美しかった。歩いて帰宅する力にもなった。天の采配だろうかとも思った。被災地のどこでもそうだったと後で知った。停電で街が暗かったせいだとも気づいた。だが、それだけを理由にするのはいささか寂しい。怖れゆえの緊張感が美しさを倍増させたのだ。都会でも、たとえ見えなくとも天の川は懸かっている。津波にさらわれた家々の上で、天の川はどんな音を立てて流れているのだろうか。

海を見に螻蛄男《けらお》雨彦稲子麿《いなごまろ》

『萬の翅』平成二十三年

沿岸の被災地を訪れるには、どうしても後ろめたさが残る。実際、後ろからダンプカーにクラクションを鳴らされたこともあった。興味半分で出かけているつもりはないが、復興工事にはやはり邪魔者の一人に過ぎない。のんびりと写真を撮るのも働いている人にとっては腹立たしい一つだろう。実際、被災地をバックに記念写真を撮る人がいるとの噂も聞いた。海が憎くなった人は多い。だが、同時に誰もが海を忘れられず、海を見たくなる。螻蛄男、雨彦、稲子麿は『堤中納言物語』の「蟲愛《むしめ》づる姫君」に出てくる男の子の渾名《あだな》。

草の実の一粒として陸奥《むつ》にあり

『萬の翅』平成二十三年

仙台市の蒲生干潟《がもうひがた》は鴫《しぎ》など多くの渡り鳥が訪れる水鳥の楽園であった。古くからの集落もあったが、ここもほとんどの家が津波にさらわれた。子供が幼かった頃、釣りや蟹獲りに何度か訪れた。サーフィンの好適地で、干潟に無断で入った車が海鳥の巣を踏みにじることが問題となったこともあった。震災後は人影もなくなり、鳥たちは一安心していることだろう。もっとも、いつまで水鳥の楽園が続くのか、それは分からない。車を運転していても、菖蒲田浜同様道が変わっていて迷ってしまう。やっと車を止めることができた空き地に、実を付けた名も知らぬ草が揺れていた。

大津波語れば霧が十重二十重

『萬の翅』平成二十三年

十一月五日から「海程」の秩父俳句道場に出かけた。秩父を訪れるのは三十年ぶりだろうか。山国秩父は日暮れが早い。晩秋のせいもあったが、あっという間に闇である。道場では、初見の人に混じって懐かしい顔がたくさん見える。翌日の私の役目は被災地の様子とそこで作った俳句について語ること。一息ついて窓に目を向けると、一面に霧が立ち込めていた。

冬波の五体投地のきりもなし

『萬の翅』平成二十三年

仙台市の荒浜地区は震災直後の第一報で死者二百人以上に及ぶと伝わったところだ。漁業も盛んで仙台市の海水浴場としても知られていた。阿部みどり女の気に入りの吟行地で、たびたび足を運んでいる。投げ釣りにも適していた。戦後、海岸に沿って新興の住宅地が広がった。だが、そのほとんどがさらわれた。奇跡的に残った家も、もう住むことはできない。波の音だけが繰り返し聞こえてくる。

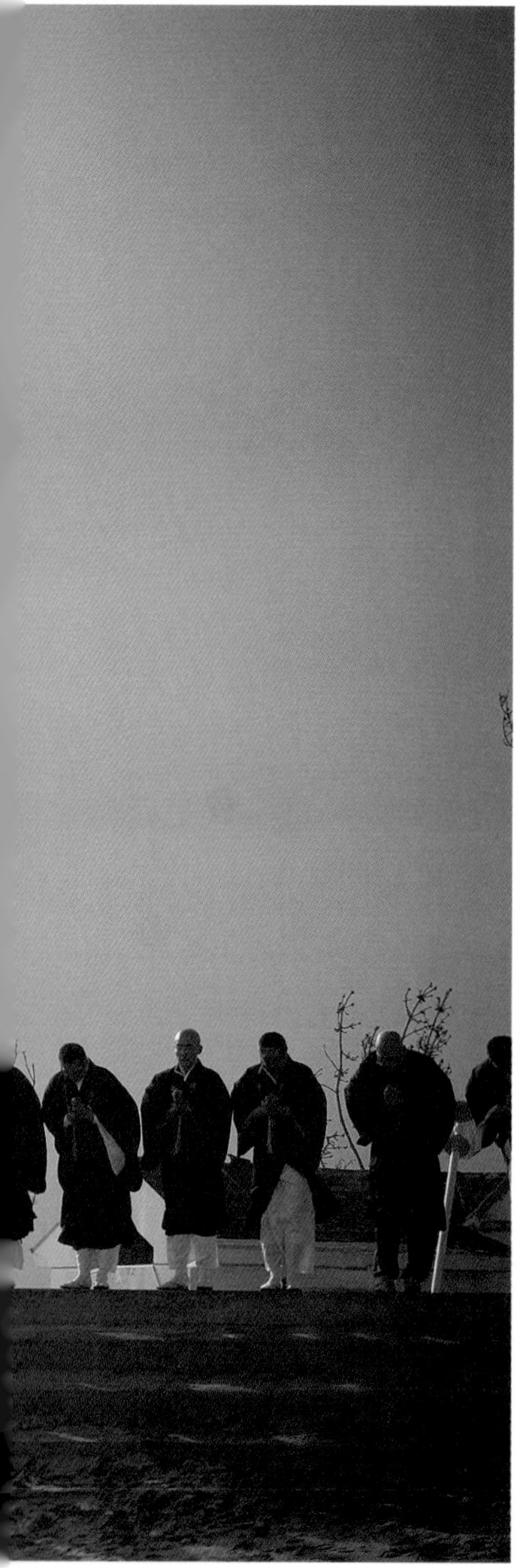

残りし崖崩れし崖も翁の日

『萬の翅』平成二十三年

十一月十三日、松島芭蕉祭並びに全国俳句大会が開かれた。開催が危ぶまれたが、何とか実施にこぎつけることができた。大会の朝、招聘《しょうへい》選者の石寒太、片山由美子らとともに西行戻しの松へ向かった。道すがら震災で崩れたいくつもの崖と出会った。縄を張って立ち入り禁止になっているところもあった。芭蕉が訪れた百年後、地震で隆起した象潟《きさかた》のことが心に浮かんだ。

みちのくの今年の冷えは足裏《あうら》より

『萬の翅』平成二十三年

十一月二十二日、岩手の俳句仲間とともに奥州市の正法《しょうぼう》寺を参拝した。永平寺、總持《そうじ》寺に次ぐ曹洞宗の第三本山で、日本一の茅葺《かやぶ》き屋根で知られる。本堂へと廊下を渡っていく。靴下の上からでも、寒気がびしびしと伝わる。修行僧は毎日味わっている厳しさだ。寒中はさぞかしだろう。大震災被災者の寒さにつながった。

冬蒲公英《たんぽぽ》溶岩流を根城とし

故郷の栗駒山の北斜面を源にする磐井川《いわい》に厳美渓《げんびけい》がある。堆積した火山灰を水流がえぐって奇岩の数々を生んでいる。私自身が火山に抱かれて育ったのだと、大震災後気づいた。同じ栗駒山の荒砥沢《あらとざわ》ダム上流部は、大震災の三年前の岩手・宮城内陸地震によって大規模の山体崩落を起こした。そのさまを目にしたのは大震災の前年であった。

『萬の翅』平成二十三年

根元のみ残りしものへ冬の月

菖蒲田浜の松原跡には津波に引きちぎられた松の根が何本か残っていた。渦巻く波の力だ。津波被害の取材に訪れた髙柳克弘を案内したのは、震災の年の六月十日。「ええっ」と驚いた顔が忘れられない。数年後、その松の根もみな除去され、新しい防潮堤ができた。浜辺の雰囲気は一変したが、平成二十八年からは海水浴場が再開された。

『萬の翅』平成二十三年

村一つ消すは易しと雪降れり

『萬の翅』平成二十四年

名取市の閖上《ゆりあげ》は、仙台へ魚介類を供給する漁港として江戸時代から栄えた。朝市は活況を呈した。干鰈《ほしがれい》が名物。春は大鍋で茹でられた蝦蛄《しゃこ》が絶品。赤貝も旨い。閖上はヨリアゲ、さまざまな魚介や海藻が寄ってくる幸多いところという意味の地名だ。だが、津波ですべて失われた。雪はもともと少ない。しかし、年に一、二度、多賀城と同じく十センチ以上積もることがある。平らな浜辺である分、雪に覆われるとすべてが無に帰したかのようだ。

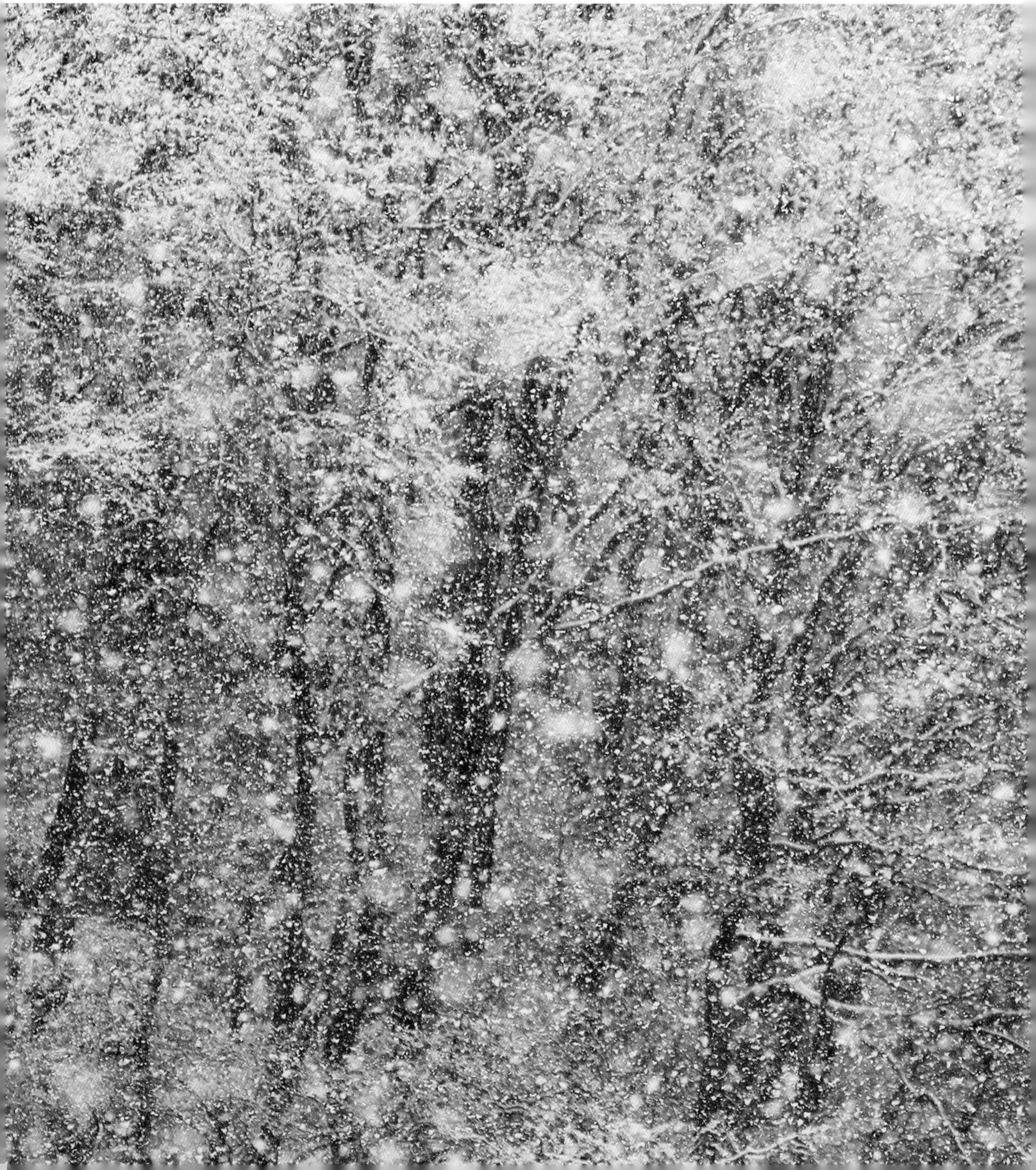

月上るえんずのわりの声がして

『萬の翅』平成二十四年

「えんずのわり」は東松島市月浜に江戸時代から伝わる小正月の鳥追い行事。今は新暦一月十四日に行われる。大震災の前年に一度訪れたことがある。浜の小・中学生が六日前から神社の岩屋に籠もり、家々を回って松の神木を突き立てながら「えんずのわり（いじのわるい）鳥追わば」などと大声で唱える予祝行事だ。ここも津波に襲われた。以前は十名以上の子供が参加していたが、災禍の後は三名ほどに減ってしまった。

巻石に雪のしまくは祈りなり

『萬の翅』平成二十四年

一月末、毎月、石巻で開かれる句会に出かける。少人数だが、みな熱心だ。石巻の名のいわれとなった石が北上川河口にある。男岩と女岩、二つの神の石である。北上川の流れがこの石に当たって渦を巻くところから、巻石と呼ばれるようになり、それが石巻となった。津波に呑まれたが、石は幸い壊れることはなかった。

凍星《いてぼし》や孤立無援にして無数

『萬の翅』平成二十四年

多賀城に住まいを定めてから、もう三十数年になる。かつてはベランダからオリオン座はじめいくつかの星座が見えた。街の灯りが増え、しだいに星々は姿を消した。それでも、深夜に目を凝らすと澄んだ夜は星が次々輝き出す。「孤立無援の思想」は高橋和巳の言葉だが、ただ単純に無数の星が一つ一つ強く輝いていると思っただけだ。

かいつむり何を見て来し眼の光

『萬の翅』平成二十四年

鳰《かいつむり》は眼下の砂押川にもよくやってくる。松島湾の浅瀬でもたびたび見かける。丸い目のひょうきんもので、あっという間に潜るが、どこに浮かぶか、うっかりすると見失ってしまう。雪の日など川秋沙《かわあいさ》もやってくる。海鵜《うみう》が集団で訪れることもある。震災後の海や川にしきりに潜って、鳰は何を見たのであろう。

被曝して吹雪きてなおも福の島

『萬の翅』平成二十四年

上京の際は仙台駅から新幹線に乗る。仙台は晴れていたのに福島に入ると吹雪ということがよくある。原発事故後の吹雪は、ことのほか横殴りに感じられた。福島は強い吾妻颪《あづまおろし》が向かい側の信夫《しのぶ》山に吹きつける。福島盆地は古代、湖だったので信夫山は島。そこで「吹く島」。それを縁起を担いで福に転化したという地名説がある。

梅一輪一輪ずつの放射能

『萬の翅』平成二十四年

一年前と同じく、近隣のあちこちで梅がほころび始めた。大きな被災があった塩竈の寒風《さぶ》沢《さわ》島で毎年見た梅の花が思い出された。福島の、避難せざるを得なかった町や村でも梅が咲いているだろうと、ふと思った。こんな時に嵐雪《らんせつ》の「梅一輪一輪ほどの暖かさ」が頭をかすめる安直な俳人根性に、我ながら呆れてもいた。

人間を見ている原子炉春の闇

『萬の翅』平成二十四年

福島の放射能禍はしだいに話題に上らなくなった。最近、漁港や海水浴場が再開されるようになったのはうれしい。だが、汚染水発生量は以前と比べて少しは減っているものの、まだかなりの量が流れ出ているとも耳にする。凍土壁の効果も、さてこれからどうなるのか。地下に沁みて流出している汚染水は計る手立てもない。なんだか人間が原子炉という神に試されているような気がしてくる。

霾《よな》にまた埋もれる日まで化石の木

『萬の翅』平成二十四年

二月十日、宮城地区現代俳句協会の吟行会が広瀬川河畔で催された。遅れて参加した私は一人川岸を散策した。対岸には河岸段丘の崖。河原や川床には約五百万年前の珪化木《けいかぼく》が残っている。埋木《うもれぎ》細工の原料ともなる。この地はたびたび火山灰や土石流に埋もれてきた。自然のダイナミックな営みはこれからも変わらず続く。

靴を鳴らして魂帰れ春野道

『萬の翅』平成二十四年

ベランダから毎年見える微笑ましい光景に、園児たちの春の散歩がある。近くの幼稚園の子供たちであろう。菜の花が咲き揃った堤防に長い列を作る。最後列には乳母車も続く。園児たちの声に保育士さんの大きな声が混じる。津波にさらわれた子供たちも、きっと、その列に加わっているに違いない。

この国にあり原子炉と雛人形

『萬の翅』平成二十四年

私は「鉄腕アトム」に心躍らせ「ゴジラ」に息を呑んだ世代だ。原爆の恐ろしさは子供の頃から聞いてはいたが、それと原子力とは直接結びつかなかった。人類を滅ぼす悪魔になり得るとは想像もしていなかった。子供の頃には雛飾りは商家の座敷に飾られてあるのを、何度か覗き見た記憶があるのみだ。娘が生まれて初めて我が家にも雛人形が訪れた。もう二十年以上も押し入れに眠ったままだ。

行春の何も映さぬ水溜り

『萬の翅』平成二十四年

佐藤鬼房顕彰全国俳句大会の翌日は、寒風沢島に吟行に出かけるのが恒例であった。三月二十一日も十数名で訪れた。震災以後、初めてである。集落はほとんど流され、船着き場も津波で失われていた。地盤沈下もあり、仮設の船着き場は移動。下船直後は、どこを歩いているのか、その見当さえつかなかった。集落跡の空き地には水溜りがいくつも散在していた。

海の音ばかりなれども子供の日

『片翅』平成二十四年

子供が成長したせいもあって、ずいぶん前から子供の日とは縁がなくなった。震災後、黄金週間でも近隣の観光地では親子連れの姿はめっきり少なくなった。そういえば、鯉幟《こいのぼり》にもあまりお目にかからなくなった。もっとも震災のせいばかりではないかもしれない。被災地から離れていく若者も多い。特に福島はやむを得ない。ふと「三人の子の鼻かんで子供の日　夕二」という父の俳句が脳裏をよぎった。

立つほかはなき命終の松の夏

『片翅』平成二十四年

震災後、何度か陸前高田の奇跡の一本松に足を運んだ。高田松原の白砂青松は子供の頃から耳にはしていた。震災前に観光で田老や釜石に出かけたこともあったが、高田松原はいつも車でただ通過するばかりだった。奇跡の一本松は、波に消えた七万本に及ぶ松の形見。しかし、枯死した。今はモニュメントとして加工されたものが立っているのみだ。

飛込めと梅雨の濁流誕生日

『片翅』平成二十四年

郡上八幡《ぐじょうはちまん》のNHK学園全国俳句大会に出席した。郡上おどりを楽しんだ後、新橋から吉田川を覗いた。数日来の雨で濁流と化していた。飛び込みが有名で、小・中学生でも岩場から四、五メートル下の川へ飛び込むのだそうだ。信じられない思いで水の轟音に耳を傾けていたら、しだいに大震災の津波の映像とダブってきた。七月十四日、私の六十五回目の誕生日だった。

舌に喉に刺さりてうまし鮎の骨

『片翅』平成二十四年

俳句大会翌日、関市に住む「小熊座」の仲間を訪ねた。千年以上の歴史がある小瀬《おぜ》鵜飼《うかい》に案内してもらう予定だったが、増水のため中止となった。やむなく飼育されている鵜を覗き、あとは鮎の塩焼きに舌鼓を打った。天然鮎は頭をひねれば骨がきれいに抜けると、仲間の女性が教えてくれる。福島県請戸《うけど》川などの鮎はいつ食べられるようになるのだろうか。

みちのくや蛇口ひねれば天の川

『片翅』平成二十四年

数年、天の川を仰ぐ機会がなかった。しかし、梅雨明け近くになると、いつも子供の頃の天の川を思い出す。学生時代、帰省した時に飲んだ水は、水道水ながら東京の水とは比べものにならない旨さで腸《はらわた》に沁みわたった。震災直後の断水の日々は水の貴重さを教えてくれた。だが、たちまちその有り難さを忘れ、震災前同様、水を無駄遣いするようになってしまった。

億年の秋日を重ね地層とす

『片翅』平成二十四年

十一月三日、前年に続き「海程」の秩父俳句道場に出かけた。前回は主宰の金子兜太が体調を崩して欠席。今年は回復されたので、もう一度来いということになったのだ。一日目は「ようばけ」と呼ばれる長瀞《ながとろ》町の地層の露出を見学した。「はけ」はアイヌ語で丘陵山地の片岸を指し「日のあたる崖」の意味とのこと。「億年」は誇張だが、第三紀層からは鯨や鮫の化石が発見されている。宮沢賢治も高校生の頃、訪れたことがあるという。

大津波忘れておれば冬の虹

『片翅』平成二十四年

津波のことは片時も忘れたことがない、と声を大きくして言いたいのだが、凡人の悲しさ、念頭から消え失せて、他のことに夢中になっていることがよくある。この時もそうであった。選句でもしていたのだろう。疲れて、時雨が去った後の空をふと見上げると、薄い片虹が仙台港の方角に現れては、すぐに消えた。

瓦礫《がれき》山ますます巍然《ぎぜん》年の暮

『片翅』平成二十四年

震災後、まもなく二年の頃。瓦礫の処理はそれなりに進んでいるが、災禍の傷は人々の心から消えるどころか、ますます深まるばかりとの思いが募っていた。震災景気に沸く企業がある一方、やむなく離散に至った家族や孤独のうちに生を終えた高齢者もいた。復興も決して平等ではないのだ。仙台港の一角の分別された瓦礫山は、いつの間にか仰ぎ見るばかりの高さになっていた。

揺れてこそ此の世の大地去年今年《こぞことし》

『片翅』平成二十五年

正月。余震はさっぱりおさまる気配がない。この時期にも震度5以上の余震が月一回はあった。地震がトラウマになって苦しんでいる人もいると聞いた。大震災後の余震は数十年にわたって続くとも、日本列島は火山活動期に入ったとも専門家は言う。少なくとも生存中は余震が続くことは間違いないと覚悟した。揺れを感じるのは生きている証拠と開き直り、新年を迎えることにした。

死者二万餅は焼かれて脹《ふく》れ出す

『片翅』平成二十五年

長谷川櫂に「かりそめに死者二万人などといふなかれ親あり子ありはらからあるを」という歌がある。情報社会への怒りがストレートに吐露されている。確かに一人一人に一人一人の生があり死がある。安易に一語で括ってはならない。だが、死者二万という現実もまた動かしがたいのだ。暗澹《あんたん》たる思いにとらわれていた傍らで餅が脹れ上がった。

紅涙は誰にも見えず寒の雨

『片翅』平成二十五年

「紅涙」は悲しみの涙、血涙。『韓非子』の「和氏《かし》の璧《へき》」にある故事が典拠となっている。王に献じた荒玉がただの雑石と見なされ、足切りの刑に処せられた男の涙である。ペダンチックな発想ではあるが、震災の被害者にも何の罪もない。その悲しみの、見えない涙の色が見えた気がしたのだ。

底冷は京みちのくは底知れず

『片翅』平成二十五年

旧臘《きゅうろう》、蕪村忌に京の角屋《すみや》を訪れた。寒い日だった。「底冷えだね」「京の底は水瓶だからねえ」と参会者が口々に囁《ささや》いていた。琵琶湖ほどの大きさの地底湖が京都の下にあるらしい。なるほど寒いわけだと頷きながら多賀城に戻った。しかし、東北の冬はもっと骨身に沁みた。政府から見捨てられゆく心細さも加わる。みちのくの寒さの歴史は、はるか古代まで遡る。

春寒雪嶺みな棄民の歯その怒り

『片翅』平成二十五年

新幹線の車窓から眺める吾妻連峰は、盆地を抱いている印象のせいもあって、かつては岩手の和賀山塊などよりふくよかに感じられた。しかし、震災以後は一変した。ことに吹雪が止んだ後の佇まいはどこか悲壮感さえ漂わせる。連峰の向こうの会津盆地に、沿岸部から避難した多くの人々がひっそりと暮らしていることを重ねるせいかもしれない。

いつしかに春星作文集「つなみ」

『片翅』平成二十五年

「つなみ　被災地のこども80人の作文集」（「文藝春秋」臨時増刊号）が発刊されたのは平成二十三年の六月。しばらくぶりに読み返した。率直な怖れ、悲しみ、感謝、希望、時には怒りまで一語一語に刻まれている。通読できず、一文ごと、しばらく立ち止まる。一息つき、ベランダへ出た。春の星が明滅し始めていた。こうした作文を書くことさえできなかった子供が、たくさんいたことに気づかされた。

花見弁当大震災の記事の上

『片翅』平成二十五年

想像の句といえばその通りである。地元の新聞には丸二年経っても、毎日必ずどこかに大震災関係の記事が掲載される。桜の開花の記事と並ぶこともあった。段ボール箱の詰め物などに震災記事の新聞がひんぱんに使われていた。どうということはないはずだが、心に引っかかった。震災のだいぶ前、花の下で弁当を開いた時の記憶がよみがえった。その時は気にも留めなかったが、敷いた新聞にも、何らかの災害や悲劇の記事が掲載されていたはずだ。しかし、ただ弁当の旨さに目を細めていただけだった。

揚花火生者のために開きけり

『片翅』平成二十五年

幼い頃、手花火は門火《かどび》の大きな楽しみだった。そのせいか、なんとなく花火は盆の遊びと思っていた節がある。隅田川花火大会が飢饉《ききん》とコレラの流行による死者を弔う川施餓鬼《せがき》の一つであったと知ったのは震災後であった。慰霊と疫病退散の祈りが揚花火の原点だった。石巻、松島などで催される花火大会も観光一色の震災前とは様変わりし、鎮魂の度合いを深めている。しかし、それでも花火は生者のために上がる。

霜晴や天へはだけて噴火口

『片翅』平成二十五年

十一月、「草枕」国際俳句大会のため熊本に出かけた。岩岡中正に阿蘇を案内してもらった。恐る恐る中岳の火口を覗くと、そこは原始の地球が生きて動いている世界だった。約九万年前にはここから噴出した火砕流が瀬戸内海を越えて山口にまで至り、火山灰は北海道にも積もったという。噴石は果たしてどこまで飛んだのだろう。地球の途方もないエネルギーを怖れる。

ただ凍る生が奇蹟と呼ばれし地

『片翅』平成二十六年

一月八日、角川「俳句」の企画で鈴木忍編集長とともに釜石市を訪れた。照井翠の案内で大きな被災があった鵜住居《うのすまい》に足を運んだ。避難所と思い込み逃げ込んだ人のうち、二百名ほどが津波の犠牲となった防災センターでは、重機が大きな音を立てていた。鵜住居小学校と釜石東中学校の児童生徒は手に手を取り合って全員が津波から生き延びた。「釜石の奇跡」と呼ばれる。

みちのくの闇の千年福寿草

『片翅』平成二十六年

二月に宮城県船形山麓の湯宿を訪れた。夜、外に出てみると一群の福寿草に出会った。手入れの行き届いた庭や鉢植えではよくお目にかかるが、山際の、庭ともいえそうもない場所の枯草の中であった。自生ではないだろうが、こんなところでと頬が緩んだ。今も被災に耐えなければならない東北の長い歴史が思われた。

涎《よだれ》鼻水瓔珞《ようらく》として水子立つ

『片翅』平成二十六年

「惚れてしまえば涎も瓔珞」、そう言いながらにこやかに微笑んだ老女は、津波はなんとか遁《のが》れたが、その後病を経て、もうこの世にいない。石巻の俳句仲間だった。「痘痕《あばた》も靨《えくぼ》」の類いで、年寄りの恋狂いを揶揄《やゆ》した俗諺《ぞくげん》らしい。東日本大震災ではたくさんの幼子が犠牲になった。生まれずして亡くなった子供もいる。涎や鼻水は老若男女問わぬ生の証。そんなことを頭に浮かべていたら、一人の幼児が暗がりから目の前へすっくと現れた。

蕨手《わらびて》は夜見の手それも幼き手

『片翅』平成二十六年

十五年以上前になるが、中学生を田沢湖周辺の野外活動に引率したことがあった。確か五月頃。活動の一つに山菜採りがあった。当時の校長が山菜採りが趣味で、張り切って生徒とともに山に分け入り、リュックから溢れんばかりに蕨を採ってきた。そのうれしそうな顔が今も目に浮かぶ。どの蕨も赤子の手のように可愛らしかった。ここでは生え出たばかりの姿である。

南部若布《わかめ》秘色《ひそく》を滾る湯にひらく

若布は好物の一つ。春先に新若布が出回るのをいつも楽しみにしている。採れたての若布を手に入れたことがある。褐色だったのが、湯に放つとたちまち美しい緑色に変わった。養殖若布は復興に紆余《うよ》曲折があったが、天然若布はすぐに良質のものが採れた。海底が津波で活性化されたのである。もっとも採集には船の調達が大変だったとのことだ。

『片翅』平成二十六年

福島の地霊の血潮桃の花

新幹線で上京する際の楽しみの一つに吾妻連峰や安達太良《あだたら》山、そして那須連峰を眺めることがある。吾妻連峰は裾野に桃畑が広がり、春にはその開花を目にできるのがうれしかった。災禍後は、さらに待ち遠しかった。四月、車窓から目を凝らした。開花にはまだ少し早かった。しかし、たくさんの蕾《つぼみ》が今噴き出した血のように、何とも言えない暗さを湛えていた。雨のせいもあったかもしれない。

『片翅』平成二十六年

鬱金《うこん》桜の鬱金千貫被曝して

『片翅』平成二十六年

四月末、「小熊座」の仲間と角田《かくだ》市に吟行に出かけた。高蔵寺を参拝する前、大沼敏修《としのぶ》氏のもとを訪ねた。大震災の犠牲者の鎮魂のため、二万体を目指して仏像を彫り続けている人だ。平成二十七年には三千体を超えた。元刑事で、当初は殺人事件の犠牲者の魂を祈るために始めたのだという。裏山に見事な鬱金桜が咲いていた。近寄りがたいまぶしさだった。

葉桜の銀箔これは祈りなり

『片翅』平成二十六年

私は栗原市栗駒岩ヶ崎の小さな城下町で生まれ育った。葉桜のさやぎは子供の頃から親しい。十五歳まで住んだ借家の裏に軽部川という開削された用水路があった。川沿いに桜並木があり、初夏、その葉音を浴びながら近くの養魚場までよく釣りに出かけた。今の軽部川は町を流れる部分がほとんど覆われ、並木も姿を消した。多賀城の住まいのベランダからも対岸に桜の木が見える。葉桜となってから風にさやぐ姿は、花時とは違った美しさを見せる。被災後の葉音はどれも木の祈りに聞こえる。

喉を抜け五臓を走れ夏の川

『片翅』平成二十六年

福島に「小熊座」の支部句会ができて、毎月出かけるようになった。高速バスが快適かつ料金が安いので、たびたび利用した。片道一時間ほどだから句作にはちょうどいい。車窓から細いが水量の豊かな川が垣間見えた。名前は知らない。正木ゆう子の「やがてわが真中を通る雪解川」が心の隅にあった。最近はもっぱら新幹線を利用する。

旨すぎて涙こぼれる腹子飯

『片翅』平成二十六年

宮城県亘理《わたり》町は妻の父母が終《つい》の住まいを求めた地だ。高度成長期には東北の湘南という触れ込みで住宅地として人気に沸いた。今は、どうなのであろう。義父が亡くなり家も処分した。義母もこの世を去った。腹子飯の発祥の地で、義父母が元気な頃は、時折訪れ食べた。食べたと言っても、イクラが苦手な山育ちの私は別のものを食べ、妻や子供がほおばる様子を眺めているだけだった。阿武隈《あぶくま》川の鮭の鮞《はららご》は一時期、放射能禍が問題にされた。数年後、解禁となった。

児童七十四名の息か気嵐《けあらし》は

『片翅』平成二十六年

石巻の大川小学校へ足を運ぶことができたのは、平成二十四年十二月二十三日だった。手を一度合わせるだけでもと願っていたが、なかなか機会が訪れなかった。石巻での句会後に話題に上り、同席していた女性二人と翌朝訪れることになった。年末のせいもあり、弔問は途絶えることがなかった。それから二年ほど過ぎたある寒い朝、住まいの眼下の川に白い気体が漂っていた。霧とは違った。遡ってきた気嵐と気づいた。

河北町立大町第一小学校
地球上の位置

富士山も一吹出物冬日和

『片翅』平成二十七年

大地震後、列島各地で火山活動が活発となった。活動期に入ったらしい。火山は基本的にはマグマ溜まりが別々なので連動することはないと識者は言う。しかし、小心者は、ついそわそわする。東北新幹線上りの大宮駅あたりから富士山を遠望することができる。富士山の最新の大噴火は江戸時代中期。死者はなかったが被害は甚大だったとのこと。三百年前だが、地球年齢から言えば、ついさっきである。もっとも、これも地球規模で言えば、富士山ぐらいではニキビにもあたらないかもしれない。

また降って来る氷塵かセシウムか

『片翅』平成二十七年

「セシウムは光って見えるって福島の人が言うから、本当かもしれない」、そう正木ゆう子が話す。彼女は南相馬市の小学校でたびたび子供たちに俳句の指導をしている。その折、聞いたことのようだ。確かにセシウムは「灰青色」を意味する。実際は、肉眼で確認するのは無理で、特殊なカメラを用いないと見えないらしい。でも、やはり見えるのだ。セシウムはじめ核物質は、現地の人にはそれほど畏怖をもたらしている。

地震《ない》の話いつしか桃が咲く話

『片翅』平成二十七年

二月二十一日、福島の仲間と飯坂温泉へ吟行に出かけ、臘梅《ろうばい》や吊し雛に目を細めた。しかし、雑談を始めるといつの間にか、誰もが地震の怖さ、放射能汚染、避難解除の時期、共同体崩壊などの話に及ぶ。賠償金が距離だけで機械的に区分され、避難者同士が齟齬《そご》をきたし、いがみ合う。原発事故は地域の文化経済を壊した以上に、長い時間をかけ築き上げてきた人間の絆そのものを台無しにした。「地震は現在を、津波は過去と現在を、原発事故は過去と現在と未来を壊す」とはアーサー・ビナードの言葉。先の見えない深刻な話の果て、いつの間にか桃の花へと及ぶ。

水底と思い白梅開き出す

この年も佐藤鬼房顕彰全国俳句大会の翌日、寒風沢島に出かけた。いつも世話になっている民宿潮陽館に荷物を置いて散策に出かける。災禍後四年にもなるが、たくさんの民家が消えた更地にさしたる変化はない。ただ道路は徐々に整備され、背より高い護岸が築かれつつあった。いつものように日和山の縛り地蔵を拝み、浜へと足を延ばす。帰りの道端には白梅が咲いていた。震災前、間近でしきりに鳴いていた鶯は遠音だけになってしまった。

『片翅』平成二十七年

日高見《ひたかみ》は片目片足片葉の蘆

片葉の蘆伝説はいくつか残っている。有名なのは江戸の本所《ほんじょ》。横恋慕の犠牲となって片手片足を切り落とされた娘の恨みが片葉の蘆となった。福島県新地町や石巻市真野にも残る。諸説あるが、都恋しさに京へ向かって傾く。それで片葉の蘆となったと伝わる。一眼一足は製鉄にいそしむ人の姿がもとになった神である。炉の火を覗くので片方の目が潰れ、足踏み鞴《ふいご》を踏み続け、片足が不自由となる。天目一箇神《あめのまひとつのかみ》や一本たたら。顔は火ぶくれで真っ赤となり、鬼と呼ばれ怖れられた。日高見国をはじめ、みちのくには砂鉄川や鉱山が至るところにあり、鬼にまつわる伝承も多い。

『片翅』平成二十七年

原子炉へ陰《ほと》剝出しに野襤褸《のぼろ》菊

『片翅』平成二十七年

四月三十日、福島の俳句仲間と原発二十キロ圏内を訪れた。津波に襲われた茫漠たる荒地の中に請戸小学校があった。校舎に入る。まだ泥の匂いが籠もっている。机や椅子が散乱し、三月十一日と記されたままの黒板も残っていた。時間は凍りついたままだ。ここから第一原発までは約五キロ。校舎をあとにして車に戻ろうとした時、外来種の野草がいくつも小さな花をかざして揺れているのに気づいた。

峯雲や家を守るは家霊のみ

『片翅』平成二十七年

昼食は常磐線の浪江駅前で取った。コンビニで仕入れてきたおにぎりである。人一人いないが、町並みも家々も原発事故当日のままだった。店もみな開いたままで、いかに慌ただしく避難せざるを得なかったか、生々しく伝わる。駅にはバスが今にも発車するかのように数台停まっていた。広場には同町出身の佐々木俊一が作曲した「高原の駅よさようなら」の詩碑が建っていた。小畑実が歌って大ヒットした。同行の女性が「しばし別れの夜汽車の窓よ」と口ずさんだ。青空がまぶしかった。

緑夜あり棄牛と知らぬ牛の眼に

『片翅』平成二十七年

「希望の牧場」を訪れた。牧場主は留守だったが、一緒に牛の世話をしている女性から話を伺うことができた。飼育している牛は約三百頭、どれも政府から殺処分の指示が出されていた牛だ。しかし、牛と共に生きてきた牧場主はそれを拒絶した。汚染されたとも知らずただ悠々と草を食《は》んでいる平和そのものの牛の姿は、むしろ原発事故の途方もない深刻さを訴えていた。

火を噴いてやっぱり女陰桜島

「鹿児島まで来る気ありますか？」との高岡修のそそのかしに乗って、六月中旬、広島、山口を回り鹿児島まで足を延ばした。広島と鹿児島で多くの人に震災の話を聞いてもらうことができたのは幸いだった。鹿児島では、車で桜島を一周した。小さい噴火はふだんでもよく起きるらしい。もっとも、その瞬間を目にすることはなかなかない。途中、タイミングが良ければと、展望できる場所に立ち寄った。あきらめかけて戻ろうとした時、噴火した。桜島の神は大穴牟遅神《おおなむちのかみ》との説もあるが、やっぱり豊玉姫《とよたまひめ》であると確信した。

『片翅』平成二十七年

三陸の海霧《じり》怨怨《おんおん》と怨怨と

海の日が来ると、毎年楽しみにしていた「気仙沼海の俳句全国大会」が思い出される。震災の翌年復活した大会は感動的だった。ことに懇親会。宴会場に模擬漁船を持ち込み、印《しるし》半纏《ばんてん》、鉢巻に櫂を手にして、皆で「斎太郎節」を歌った。小さいながら大漁旗も振られる。「こういう日があるから、なんとか生きていける」。そばに座っていた老女が目を潤ませながら声を弾ませた。そのかけがえない大会も高齢化の波が押し寄せ途絶えてしまった。

『片翅』平成二十七年

人住めぬ町に七夕雨が降る

仙台七夕は三日間のうち、必ず一日は雨が降る。そのジンクスはこの年も例外ではなく、八月八日は雨であった。七夕見物にはなかなか出向かないが、雨を眺めながら、ふと福島県浪江町の町並みを思い起こした。浪江に限らず、福島県には人が住めなくなった町が数え切れない。三陸沿岸には、町並みすらなくなったところが、これも無数ある。

『片翅』平成二十七年

福島は蝶の片翅霜の夜

福島は会津、中通り、浜通りと三地方に分かれ、天候、産業、文化がそれぞれ異なる。古代から歴史も三通り。だが、一体となった分かちがたい県なのだ。原発事故後、ことにそう感じる。眺めていた県の地図の形が蝶の片翅となり、少年の頃に見た映画「モスラ」を思い出した。かつての汚れない福島が翅となって、原水爆実験場のインファント島と同じように放射能汚染された福島を捨て、地球外へと飛び立つ。しかし、片翅。どこまで飛べるのだろうか。

『片翅』平成二十七年

こちこちとこちこちこちと寒の星

『片翅』平成二十八年

世界終末時計という時計がある。核戦争などによる人類の絶滅を午前零時になぞらえ、残り時間を象徴的に示す時計である。アメリカの科学誌「原子力科学者会報」の表紙絵として誕生したという。星には終末を迎えようとしているもの、すでに終末を迎え、光だけ届いているものもある。「不死男《ふじお》忌や時計ばかりがコチコチと」は佐藤鬼房の句。現代俳句協会賞の副賞が当時は懐中時計で、それを秋元不死男から受け取ったことの回想句だ。この時計は不死男の死後も、鬼房の死後も、時間を刻んでいる。福島の原子力発電所内の時計はどんな時間を刻んでいるのだろう。

生還は日常の些事寒雀

『片翅』平成二十八年

雀の寿命はよく分かっていないらしい。ヨーロッパの調査から推定すると一年数か月ぐらいとのこと。本来はもっと長生きで六年以上生きた記録もある。鴉など天敵の犠牲になる数が多いのだ。日本ではここ五十年で雀の数が十分の一に減ったと言われている。今も減少中だ。特に都市部において著しい。都市化や稲の収穫作業の変化に伴い、営巣場所や餌が減少したことが大きな原因のようだ。人間では「生還」はかつては戦地から、昨今では大手術後に病院から無事帰ってくることを指す。津波では雀に限らず無数の命が奪われた。

浅蜊吐くこれも津波の砂なりと

『片翅』平成二十八年

恒例の佐藤鬼房顕彰全国俳句大会翌日の寒風沢島吟行会、昼食は潮陽館。初めて訪れてからは二十年以上になる。潮陽館は一階の中ほどまで津波で浸水したが、建物は失われずに済んだ。主人も無事だったが、その後、漁に出て不慮の事故で亡くなった。食事をしながら句会となる。震災前は近くに牡蠣剝き場があって、そこで採れたての牡蠣を仕入れてきて、みんなで味わった。味噌汁は、いつもの旬の浅蜊汁。むろん、砂などは入っていない。この句は前夜の浅蜊の長く伸びた舌を想像したもの。

霾《つちふる》や瓦礫《がれき》に立つは詩の神か

『片翅』平成二十八年

三月下旬、仙台市荒浜に出かけた。震災の夜、二百人の遺体が見つかったという衝撃的なニュースが広まった浜である。混乱の中での誤報だったようだが、事実、たくさんの人々が亡くなった。浜の近くに荒浜小学校がある。二階まで津波が押し寄せた。子供たちは屋上に避難して、かろうじて無事だった。今は震災遺構となっている。訪れたのは、風が強い日だった。黄砂のせいで視界が悪かった。震災直後には瓦礫が累々としていた。その後、瓦礫は片付けられたが、途方もない寂寥《せきりょう》だけが広がっている。五年経っても何も変わっていない。

生者こそ行方不明や野のすみれ

『片翅』平成二十八年

大震災の行方不明者数は平成二十八年の時点で約二千五百名。各地で今も捜索活動が続けられている。一人でも多く見つかることを祈るしかない。福島第一原子力発電所の行方は闇のままだ。廃炉作業が完了し、放射能の影響がなくなるまでには、まだまだ気の遠くなるような時間を要する。汚染水処理一つとっても、出口はまるで見えていない。大勢の人が、今日も困難な処理作業に必死で取り組んでいる。だが、福島の原子力発電所の存在自体、すでに忘れ去られつつある。加えて、他県の原子炉が再稼働するとか、他国に原子炉を売り込んでいるとかのニュースが伝わる。行方不明なのは人間の未来そのものである。

冥婚の今お開きか春の星

『片翅』平成二十八年

三年前の七月七日、寒河江《さがえ》市の全国俳句大会を訪れた翌日、むかさり絵馬を拝観したくて、最上《もがみ》三十三観音の一つ、黒鳥《くろどり》観音に詣でた。絵馬は小さな堂内に所狭しと飾られてあった。むかさり絵馬とは独身のまま亡くなった青年の供養のため、架空の婚礼を描いた絵馬を奉納する山形県村山地方の冥婚の風習である。戦死者が続出した大戦中と終戦直後に数が急増した。大震災以降、犠牲者の供養に訪れる人もいるという。当日は雷雨の冷気のせいか、身がぞくぞくした。春の星が一つ二つ顔を覗かせた夜、なぜか、その日のことがよみがえった。

春の月汚染袋の山の端《は》に

『片翅』平成二十八年

再び浪江町、南相馬市を訪れた。途中、飯舘《いいたて》村の汚染土保管場に立ち寄る。除染土と呼ぶらしいが、汚染土だ。息を呑んだ。まさに一山を成している。しかも、これはほんの一部。福島県外にも置き場が散在する。造成地に埋めたり路盤材にしたり、再利用を探っているとはいう。双葉町、大熊町をまたいで中間貯蔵施設も整備中だが、なにしろ東京ドーム十八杯分。最終処分地は未定だ。セシウムの半減期は三十年。その間に二次災害が起きない保証は何もない。さらに表土を剝がせなかった山林の汚染土は、いまだ災禍当時のまま。禍根だけを未来の若者に残すのだ。

遮

クリスマス前夜懐炉も原子炉も

『片翅』平成二十八年

懐炉といえば白金懐炉。ベンジンを発熱させる。父の愛用品で私もよく利用した。プラチナ触媒の火口をマッチの炎で暖めて用いる。父が息を吹きかけると火口がほの赤くなったのを覚えている。現在も流通しているらしい。保熱に持続性がある。原子炉のほうはもちろん見たことがない。新聞やインターネットの図や画像から想像するだけだが、やはり、赤く火照っているのだろうか。

クリスマスプレゼントだと遺骨抱く

『片翅』平成二十八年

十二月二十五日付の新聞に、津波で行方不明だった少女の遺骨の欠片が父親のもとに戻ったという記事を見つけた。福島第一原発から四キロしか離れていない大熊町の最後の行方不明者、木村汐凪《ゆうな》さんの骨である。当時七歳だった。マフラーと上着も一緒に見つかっている。父親は避難先の長野県白馬村から六年近く捜索に通い続けていた。喜びながらも「すべて見つけるまで捜し続ける」と語っている。遺骨を抱き、「娘からクリスマスプレゼントを受け取った気がする」と呟いた。

吹雪くねとポストの底の葉書たち

『片翅』平成二十九年

正月過ぎの福島駅前のポスト。西口を出てすぐにある。粉雪が強風にしきりに舞っていた。底に賀状の返礼や寒中見舞いなどが何通か重なっていると想像した。葉書には、避難先の親戚、知人宛に混じって、この世にはない人の名や住所がしたためられているのもあったかもしれない。岩手県大槌町の風の電話宛の葉書も混じっているかもしれない。旅立ちを待って、かさこそと囁く音が聞こえた気がした。

見えねども棄民の睫毛《まつげ》その垂氷《つらら》

『片翅』平成二十九年

厳寒の北上市に日本現代詩歌文学館を訪れる機会があった。周りの家々には氷柱《つらら》が下がっている。どれも小さく可愛らしい。かつては山口青邨《せいそん》の「みちのくの町はいぶせき氷柱かな」にあるような大氷柱がどの藁《わら》屋根にも垂れ下がっていたに違いない。福島の帰還困難区域や三陸の津波被災地の村々の軒に下がる氷柱はどれくらいの長さなのだろう。東北の民は古代から棄民そのもの。その涙が光った。

狼の声全村避難民の声

『片翅』平成二十九年

二月二十五、二十六日と福島の仲間と飯舘村、相馬市を訪ねた。飯舘村には山津見《やまつみ》神社がある。ここには、震災後の火事で焼失した二百四十二枚の狼の天井絵が、その後、多くの人の支援を得て復元され、奉納されている。拝殿を上り仰ぐと絵の狼がどれもやさしいまなざしを投げ返してくれた。飯舘村はこの年の三月末に避難指示解除になった。しかし、帰還した人の数はもとの一割に満たない。他の市町村も同様なのだ。狼の遠吠えがどこからか聞こえてきた。

あとがき

一昨年、仙台文学館で「語り継ぐいのちの俳句」展が催されました。私のエッセイ集『語り継ぐいのちの俳句』所収の自句自解一〇〇句から二五句を選び、写真家の佐々木隆二さんが写真を組み合わせパネル展示したものです。自解は避けるのが俳句本来のありようですが、読みづらい句でも少しは理解してもらえる糸口になるかと、思い出すままに綴ったものが、「文学に見る震災資料展」の一つとして取り上げられ、開催にいたりました。

これをきっかけに、全国数か所で同じ展示会を催すことができ、昨年の多賀城市の展示会では新たに一〇作品が加わりました。本書は、その写真と自句自解とのコラボレーションを含む一集としてまとめたものです。たった十七音の俳句の世界が、写真によって幾重にも無限に広がります。人間の想像する力、生きる力に少しでも触れていただければ、うれしい限りです。

二〇二一年三月十一日

高野ムツオ

初句索引（五十音順）

初句（上五）が同一の作品は、―を付し中七までを記した。
数字は本文掲載頁を示す。

＊本書は『語り継ぐいのちの俳句　3・11以後のまなざし』（二〇一八年・朔出版刊）の第三章「震災詠一〇〇句　自句自解」を写真とともに再構成し、加筆修正のうえ収録した。
＊俳句の初出は本文頁に記載。原句に振り仮名がないものでも、読みにくいと思われる語にはルビを付した。
＊「語り継ぐいのちの俳句」展の開催時期・場所は次の通り。

二〇一九年三月　仙台文学館（宮城）、日本現代詩歌文学館（岩手）、コラッセふくしま（福島）、ゆいの森あらかわ（東京）
　　　　四月　上松川診療所（福島）
　　　　五月　ＮＨＫ仙台放送局（宮城）
　　　　六月　熊本市民会館（熊本）、南泉院（鹿児島）
二〇二〇年八月　多賀城市立図書館（宮城）
二〇二一年三月　風流のはじめ館（福島）、多賀城市文化センター（宮城）

高野ムツオ（たかの むつお）

1947（昭和22）年、宮城県生まれ、多賀城市在住。
句集に『雲雀の血』『蟲の王』『萬の翅』『片翅』ほか。
著書に『語り継ぐいのちの俳句』『鑑賞 季語の時空』ほか。
読売文学賞、蛇笏賞、河北文化賞などを受賞。
現在、俳誌「小熊座」主宰、日本現代詩歌文学館館長。

あの時 俳句が生まれる瞬間

二〇二一（令和三）年 三月十一日 初版発行

著者 高野ムツオ
写真 佐々木隆二
発行人 鈴木 忍
発行所 株式会社 朔《さく》出版
郵便番号一七三−〇〇二一
東京都板橋区弥生町四九−一二−五〇一
電話 〇三−五九二六−四三八六
振替 〇〇一四〇−〇−六七三三一五
https://saku-pub.com
E-mail info@saku-pub.com

印刷製本 中央精版印刷株式会社

ISBN978-4-908978-60-9 C0095